KB021747

엄마의 선물

김재숙 시집

엄마의 선물

생각나눔

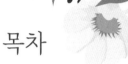

목차

제2부 | 꽃 이야기

제3부 | 나들이

제4부 | 둘레길

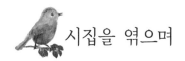

시집을 엮으며

첫 시집을 낸 지 만 십 년 만에 두 번째 시집을 엮게 되었다.

첫 시집은 사십 년 교직 생활을 마치자마자 졸지에 한쪽 날개를 잃고 『흔들리는 날들』을 간신히 붙잡고 쓴 글이었다.

이번에 두 번째로 엮은 시집은 한 해 간격으로 부모님을 잃고 삼 년 만에 엮은 시집이다. 육십까지의 나의 생은 일구고 거두는 시기였다면 이후의 삶은 하나씩 내려놓는 시기였다고 할까? 이런 것을 어떻게 설명할 수 있을까? 뜻밖에도 생애의 가장 소중한 것들이 손가락 사이로 빠져 나갔다. 이럴 때 내게 찾아온 여백의 공간에 한 자 한 자 암벽에 암호를 새기듯 무언가를 쓰고 그랬다고 할까?

나 혼자만의 역사를 새로 쓴 것이 아니라 보이고 들리는 것들 만져지는 것들 아직은 느낄 수 있는 미세한 것들에까지 손을 뻗어 본 것이다.

그러는 동안 나는 내게서 떠나간 이들이 그냥 떠난 것이 아니라는 사실을 깨달았다. 그들은 갔지만 적어도 내가 여생을 지탱

할 수 있는 만큼의 귀한 사랑을 주고 갔다. 무엇보다 놀란 것은 떠난 이들이 내가 필요로 할 때 언제든 어디서든 곧바로 내게로 올 수 있는 자유로운 영혼의 소유자가 되었다는 것이다.

내겐 새로운 세계가 보였고 새로운 이들과 사랑을 나눌 수 있는 힘도 생겼다 이 글은 이래서 생겨난 셈이다.

그동안 한결같이 용기를 북돋워 주시고 물심양면으로 도움을 주신 윤사순 교수님께 이 자리를 빌어 깊은 감사의 말씀을 드립니다.

코로나 기간에 만나 시혼을 깨워주시고 영감을 주신 이영주 교수님 감사합니다. 늘 시 동아리를 배려해주시느라 애쓰고 계신 아람누리 도서관의 사서 박정은 선생님과 힘찬 응원을 보내준 시 동아리회원들에게도 감사드립니다.

또한, 변함없이 곁을 지켜주는 사랑하는 형제자매들 친지 지인과 오랜 벗들과 자리를 함께할 수 있도록 코로나가 하루빨리 떠나주기를 간절히 기원해봅니다.

2021. 2. 4. 입춘 아침에

제1부
까치밥

엄마의 선물

만삭의 어머니가
서울 할아버지 댁에 다녀오셨다
오시는 길에 버스가 논두렁으로 굴렀다

쌀 누룽지 한 보따리
부채과자 한 봉지 별사탕 세 봉지
눈깔사탕 한 봉지 박하사탕 한 봉지
그뿐인가
할아버지가 화신 백화점에서
사주신 코티 분 한 통
무궁화 꽃무늬 나이롱 치마저고리
모두 다 논두렁에 꿇어 박고
만삭의 배만 안고 오셨다

흙투성이 엄마 품에 안겨온 동화책 한 권

『떡배단배』를 내밀며 그대로 주저앉으시던

어머니 꽃 같은 나이 스물아홉!

내 나이 아홉 살

2021. 6.

---

1 『떡배단배』: 1948년 마해송 『자유신문』에 연재

엄마가 나를 낳던 날

할머니는 씨오쟁이[2]를 만들어 놓고 기다리셨다
삼대독자 외며느리 출산을 한다고 했다

문득 외양간 수탉이 나발을 불었다
잠자던 암소가 벌떡 일어서고
누군가 대청에 불을 밝혔다
마루에선 젊은 아버지가 서성이고
할아버지는 곰방대 물고 마당으로 나시고
할머니는 씨오쟁이에 아기를 받았다

사랑방 아저씨가 동쪽 대문에 금줄[3]을 걸었다

---

2 씨오쟁이: 농부들이 씨를 담아두는 짚으로 만든 물건
3 금줄: 부정한 것의 접근이나 침범을 막기 위해 문이나 길 어귀에 걸어놓
    는 줄

삼십 리 읍내로 뻗은 평야가 고요하고

밤새워 달려온 강물이 호흡을 가다듬는 시간

오봉산 위로 하늘이 붉게 물들고 있었다

2021. 6. 5.

은행나무 아래서

엄마가 벗어놓은
노랑 저고리

열일곱 고운 나이
시집올 때 입고 왔다는

평생 옷장 안에 갇혀서
부엌에 갇힌 엄마처럼

이따금 볕에 내어
곱다 쓰다듬어 주시고
더욱 깊이 넣어두시더니

저 세상 가시던 날
수줍은 홍조로
아득히 날아오르던
노란 나비

2019. 11. 6.

까치밥

헐벗은 감나무
잘생긴 놈 하나
공양 올렸다

코카서스 산에 쇠사슬로 묶여
독수리 밥이 되던
프로메테우스의 붉은 간
새벽이슬에 소생하는

벽공에 걸린 낮달
반달로 떴다

엄마는 누구의 밥이었나
둥근 달 조각배 되어
서쪽 하늘 저어갈 때까지

2021. 10. 31.

살 구

희수의
어머니
현관을 서성인다

문득
생각나서
오래
서
있다

뽀얀 피부가
발그레

툭
사막으로 간 딸
소식 대신 떨어진
눈물

2021. 7. 3.

가로등

환후 깊은 아버님을
빈집에 홀로 두고
돌아오는 발걸음이
무　　거　　워

봄비에 젖는 사월
길은 길　　　고

아침에 떠날 때는
입만 삐죽이 내밀더니

돌아오는 저녁
얼굴은 노을에 젖어
귓불도 붉어

내민 손은 나도 모르게
그대 허리에 가 있네

2018. 4. 22.

목 화

뭉게구름이
등 너머 사래 긴 밭에
내려앉았다

할머니께서 우리에게로 오실 때
빈 바가지 두 개와
목화솜 한 자루가
이삿짐의 전부였다
내 나이 열일곱 어린 나이

조촐한 혼수에
어머니가 꾸며주신
목화솜 이부자리
내 나이 스물일곱 젊은 나이

꿈투성이 솜이불이

내 침대 밑에서 잠을 잔다

나와 나이를 같이 먹어가는 솜이불

나와 나이를 같이 먹어가는 할머니

내 나이 일흔일곱 꿈 많은 나이

2021. 6. 18.

별

어머니
하늘에 별이 없네요
엄마 별 아빠 별 내 별
다 어디로 간 걸까요

어머니
가시더라도
별로 뜬다 하시더니

어머니
하늘에 별이 없네요

시골집 마당
멍석 위에 앉아
저건 네 별
요건 내 별
하시더니

어머니

오늘 밤하늘에

별이 없네요

달님도 나왔는데

혼자 쓸쓸히

어디로 가시는지

마당을 몇 바퀴 돌아도

어머니

별이 나오지 않아요

2020. 2. 14.

집

아이들은 외가에 가고
아들은 처가에 가고
며느리는 본가에

귤을 까고
홍시를 흘리고
호두를 깨네

햇님은 슬그머니
창문에 걸터앉고
베란다에 매달린
북풍은 징징대네

나간 이들은
언제쯤 오려나

해가 지고

어둠이 오면

문 두드리는 손자들 음성

반갑게 들리겠지

2017. 12. 25.

벽 공

밤사이
멀리도 갔구려

눈 비비고 내다보니
그대 간 길
흔적도 없네

새처럼 날아갔나
나비처럼 날아갔나
넓고 푸른 치마 한 폭
펼쳐 놓고 갔구려

볕 좋은 날
한 자락 말려
아이들 방에 넣어주리다

2019. 9. 29.

하동 악양 대봉시

노루귀처럼 짧은 날
꼬리를 잡고 집안에 드니
먼 길 돌아온 손님
눈이 시리다

구불구불 지리산 허리 아래
어드메 사는 누가 올린 공양인가

하루에 하나씩 노인의 양식이 되려니
누가 올린 공양인지 부처님은 아시겠지

2020. 11. 12.

정월 대보름달

일 년 중
가장 큰 보름달이라고
정월 대보름이면
한강 변에 서서
찬바람에 전신을 맡기고
어머님은 떠오르는 보름달을 향해
소원을 비셨습니다

지금 어머님은 가셨지만
우리 육 남매가 무사하고
손자 손녀 증손이
무성한 보리밭처럼
커가고 있습니다

둥글고 커다란 보름달이

저녁부터 조금씩 떠올라

우리가 잠들 무렵이면

이마 위에서 내려다보고 있습니다

어머님 아니고 누가 우리의

침실을 들여다보실 수 있을까요

정월 대보름날 밤에는 그래서

우리들은 모두 달나라로 어머님 만나러

달려갈 요량입니다.

2020. 2. 12.

소풍 가는 길

벌렁대는 젖가슴을 진정시키며

마냥 부풀어 오르더니

어느새 농부의 손길이

삽질을 하고 경운기를 들이대더니

붉은 피를 쏟아내며 흙덩이가

무너져 내렸다

재빠른 아낙네가 야무진 손끝으로

갈피마다 씨를 뿌리고 어르더니

오늘 새싹 품은 전원이 우아하다

모내기 끝낸 논이 비에 씻기고

공책에 줄을 긋던

반장 아이의 손끝 따라 줄을 섰다

"너 이담에 커서 뭐가 될래?"

내가 귀에 대고 조그맣게 물었다

아무 대답도 없이

푸른 들은 나를 보고 웃는다

2021. 6. 10.

거제도 몽돌해변

숨 고를 새도 없이

다가와 안고 품고 어루만지고

토닥이며

머리 감기고

목욕시키고

볼록한 종아리를

주무르며

자장가를 불러주고

팔로 싸안고

먼 나라 동화를 조곤조곤 들려주다

울먹이며

돌아가는 새벽 별의

이별에 대하여

만남에 대하여

기다림과 희망에 대하여

설레는 가슴으로

빼곡히 수를 놓는다

거제도

큰엄마 언제 숨 고르기 하시나요

2021. 6. 26.

서울 나들이

아버지 따라
서울 나들이
삼십 리를 걸어
읍내
버스정거장에 갔다.

버스에 오르자마자
아버지는 고단한 몸을 묻고
꾸벅꾸벅 졸았다.

아버지는 왜 가끔
서울 할아버지에게 가셨는지 모르겠다.
옥비녀를 꽂은 젊은 할머니가 우리를 맞이했다.
서울이 고향인 아버지,
서울에서 전문학교까지 다니시고 시공관에서 혼인식을 올리고
은행에 다니셨다는 아버지,
아버지는 왜 시골로 와서 농사를 거드셨는지 모르겠다.

할머니와 어머니와 일꾼들이 새벽부터 논과 밭에서 하루를 시작하곤 했다.

아버지는 밤이 늦도록 책을 읽고 서양 그림책을 보고 낮엔 섬세한 손으로 등잔의 심지를 갈아 끼웠다. 펄럭이는 램프 손질도 하셨다.

아버지는 거품 내는 비누와 서양 내가 나는 치약으로 우리를 낯설게 했다.

아버지의 피부는 늘 하얗고 숱 많은 머리털은 새카맣게 윤기를 발했다.

아버지는 발도 하얬다. 아버지는 흰 와이셔츠에 밀짚모자를 쓰고 물레방아를 돌렸다. 아버지가 동네를 나서면 아버지 구경을 하러 남녀노소가 문밖으로 나오거나 작은 창문에 이마를 들이대곤 하였다. 아버지 방에는 아버지 가방에서 기어 나온 책들이 아무렇게나 쌓여 있었다.

나는 초등학교 시절부터 아버지 방의 책들을 꺼내 읽었다. 모르는 글자들이 꼬불꼬불 기어 다니곤 했다. 책상 서랍 속을 뒤져 뭉툭한 만년필과 날카로운 펜과 하얀 고급 도화지와 붓과 잉크병을 만져보는 것만으로도 가슴이 뛰곤 하였다. 방을 나올 때마다 가만 한숨을 내쉬곤 했다. 왜 그런지 나는 사람들과 음식을 몹시 가렸다. 그럼에도 내 안에서 호기심은 무럭 무럭 자리를 넓혀 갔다.

아버지는 이따금 나에게 불쑥 "서울 가자!"라고 다짐하듯 말씀하셨다.

하룻밤이나 간신히 이틀 밤을 자고 다시 시골로 올 것을!

내 고향은 시골이다. 아버지는 아버지의 아버지가 보고 싶으셨을까,

아니면 아버지의 아버지에게 무슨 할 말이 있었던 것일까?

할아버지는 아버지 인사를 잘 받으셨는지 기억이 나지 않는다.

다만 할아버지는 상기된 얼굴로 나와 눈이 마주치면 멋쩍게 웃으시곤 하셨다.

아버지는 할아버지의 삼대독자 외아들이었다.

내가 아버지를 따라 서울에 왔을 때 무엇을 본 것이 있었던가?

한강 다리를 건널 때 "저기가 서울이다!"라는 소리에 잠에서 깼고, 아버지가 서울을 가리켰다.

그러나 내가 본 것은 커다란 불덩이였다. 그때 나는 서울에 도깨비가 많다는 시골 아주머니의 말이 사실이라는 생각을 하였다. 아니면 여름 하늘에 가득한 별똥별이 멀리도 날아가더니 모두 서울로 왔을까? 여름에 마을 덤불 숲을 마음대로 날아다니던 수많은 반딧불이 이곳에 모인 것일까? 차창 밖으로 보이

는 휘황찬란한 불빛을 보며 내가 내린 결론은 '옳거니! 도깨비 나라가 바로 여기구나!' 하는 너무나 터무니없는 상상이었다.

서울은 할아버지 집이 있는 종로에 도착해서야 그 형체를 드러내었다.

아버지는 우리 가족을 시골에 유폐시킨 아버지가 보고 싶으셨을까?

아니면 아버지의 아버지에게 무언가 못다 한 말들이 있었을까.

왜 아버지는 평생 입을 꾹 다물고 말을 내놓지 않으셨을까?

우리 가족이 모두 서울로 이주할 때까지도 아버지는 아무 말도 하지 않으셨다. 할머니가 가시고 할아버지도 그 곁에 묻히셨지만.

2021. 6. 5.

3월의 밤

하늘에서 날던
비행접시가
조용히
지상으로 내려와
건넛마을에 하나둘
자리를 잡고 앉는다

처음엔 북두칠성으로 앉고
다음엔 북극성으로 앉는다
큰곰을 지키러 나온 목동자리
처녀자리 사자자리로
마지막으로 은빛 자투리를 모아
널찍하게 지중해 마을을 만든다

지상의 모든 생물체가
잠들고 그들의 영혼이 어딘지
모르는 곳을 찾아 나서서

헤매다 돌아올 때쯤이면

비행접시는

슬그머니 천상으로 돌아간다

놀이에 지쳐

기진맥진한 몇 개의 잔해가

늦은 새벽까지 졸고 있다

늦잠에서 깨어나

커튼을 젖히면

어느새 그들은 모두

천상으로 돌아갔다

2020. 3. 12.

제2부
꽃 이야기

석 류

발그레한 두 뺨
툭 튀어나온 입술
터질 듯한 가슴
달콤하게 익은 사랑
너도 한 번 먹어 봐

2010. 7. 14.

들 꽃

한눈에 반했다
볼수록 예쁘다
어디서 온 누구냐

상기된 얼굴
말을 할 듯 말 듯

반달로 뜬 이마
솔잎 창 아래
갇힌 검은 진주

봉숭아 꽃물 든 입술은
끝내 말이 없네

옳거니!
언젠가 꽃반지 끼워주던
바로 너였구나

2021. 5. 31.

윤삼월 진달래

겨우내 마른 입술에
물 한 모금 축이지 못하더니

윤삼월
내린 비에
입술을 적시고
연분홍 꽃을 올렸다
조그마한 입술이 조글조글

먼 길 돌아오느라
많이 힘들었으리

잠시 잠깐 나에게로 와
눈 맞춤하고 갈 너를
품에 안아보지도 못할 너를

이른 아침부터

나도

오래

기다렸노라

2012. 4. 16.

오월이 온다

장미 스카프
연둣빛 치맛자락
펄럭이며

금빛 수레가 잠시
숨을 고르는 정오

릴케의 가시 같은 소녀
그네가 살그머니
허리를 꼰다
훈기를 머금은 바람이
목덜미로 스민다

이제 곧 가슴을 더듬고
오솔길로 도망칠 거야
감미로운 오월의 달콤함이여

2019. 5. 15.

오 월

겁 없는 개나리
이웃집 담을 넘고

만삭의 영산홍
배를 쓰다듬더니
동네에 웃음꽃이 피었다

길 건너 장미원
불이 붙었다는 소식
소나기가 들었다
놀란 장미 가시를 세우다

너에게 묻는다
흠뻑 젖고 싶으냐고
타는 얼굴 타는 입술
꽃들이 도리질을 한다

불같은 꽃이 좋아

오월이 좋아

그냥 타오르게 냅둬

2021. 5. 17.

꽃 이야기

첫날밤 끌려갔던 신부의

한서린 치맛자락이

문설주에 걸려 내내 울더니

순한 꽃으로 돌아왔다

이웃집 울타리 올라탄 개나리

침 고이는 복사꽃 그 옆에 살구꽃

저기 시어빠진 진달래

그 옆에 쪽진 목련

향기로 승부하자는 수수꽃다리

홀딱 벗고 뛰는 벚꽃

배불뚝이 영산홍

공원에 마중나온 할머니들

뉘집 딸이었냐 묻지도 않고

환향녀를 반기네

2012. 4. 12.

꽃 지는 날

부른 배를 안고
이른 저녁 산책을 나서니

어제만 해도 한창이던 벚꽃이
오늘 아침 내린 비에
총탄을 맞은 병사들처럼
포복을 하고 있네

사월이 오고
밤하늘 불꽃놀이 하듯
두 손으로 하늘 가리고
봄비가 세우(細雨)라고
막무가내로 뛰어놀더니
오늘은 찬 바닥에 배를 안고 뒹구네

산책 나온 아낙이 사정없이
밟고 지나가니

꽃이었던 어제가 언제인고

생선 비늘처럼 쌓여서

고운 모습 흔적도 없네

2018. 4. 19.

달 님

종점에서 내려
집으로 가는데
달님이 따라오네요

혼자 걷는 내가
걱정되었나 봐요

공원에 들어서도
높은 나뭇가지 사이로
부지런히 따라오네요

걷다가 멈추니
저도 멈추네요
돌아갈 기색도 없이
말없이 따라와요

떨어뜨린 장갑 한 짝

주워드니
빙그레 웃네요

드디어 생각났어요
그가 누구인지

2020. 2. 16.

모과나무

저무는 와가(瓦家) 뜰에
노오란 모과가 가득

향기도 좋거니와
색깔도 곱다

고가(古家) 지키던
노모의 모습
대청마루에 어른거려
댓돌 오르는 발이 허둥지둥

만추의 저녁놀
새삼 가슴이 뛰네
눈 들어 나를 보소
몇 년 만이요

손을 잡지는 못해도

향그런 모과차 한 잔
내오시구려

2019. 11. 23.

감이 익을 무렵

가까이 다가가기만 해도
파랗게 질려 도망치던
감나무 집 어린 소녀

배고파도 못 먹던
보리밭 깜부기 같던
덜 익은 까마중 같던
손 닿을 듯 말 듯

밭두렁 옥수수 터질 듯
노랗게 익어가고
몇 가닥 마른 수염이
가냘픈 바람에도 날려
저녁 초승달은 바르르 떨고

설레는 가슴
감물 드는 저녁놀

2019. 12. 1.

고구마 아저씨

못생겼다구요

삼국지 영웅
제갈공명 부인
못생겼어도
똑똑하기만 했다는데

배고파 출출할 때
장작불에 굽든지
가마솥에 찌든지
끓는 물에 삶든지
주인님 뜻대로 드시구려

널찍한 들판에서
햇볕 듬뿍 받고
울어 쌓는 매미 소리
희롱하는 솔바람

어울렁 더울렁

땡볕에 뒹굴며

줄줄이 새끼 낳아

잘 키워 냈다우

싫으면 말구!

2021. 9. 7.

비

떠나간 이들의 소식을 모아
지상에 띄우는 편지

밤새 문밖에서 소리 없이
울었군요
낮이면 구름 되고
밤이면 별로 뜨고
해지면 달로 떠서
길동무가 되어 주더니

그대여
우리는 헤어진 지 오랜 사이
지금도 생각나는 그대를
언젠들 잊을 수 있겠소
세월은 가도 우린 늙지도 않는구려

2018. 7. 2.

귤

제주에서 왔다고
살포시 인사를 하네

손은 거칠고
얼굴은 붉어라
한라산 줄기 타고 오르내리며
바람과 햇볕으로 그네를 타며

푸른 하늘 머리에 이고
하얀 파도 눈에 담으며
바다 건너 육지로 가고파라
서울로 가고파라

말괄량이로 자라
서울로 오니
내가 자연산이라고
모두 한 번 손 잡자 하네요

2019. 1. 1.

동창회

한 가지 모양에
한 가지 색으로
빳빳한 컬러에
주름진 스커트
눈부시게 흰 운동화로
백송나무 아래
운동장 가득
애국조회를 서더니

오늘
알록달록
노랑 빨강 스카프에
원피스에 투피스
바지에 스커트에
가죽 구두에 운동화에
모양도 가지가지
사대문 안 브런치 카페에 모여

수다를 부리네

세월은 성장한 그네들을
어디로 데려가려는고
마차 대신 풍차를 준비하고

2021. 10. 22.

능소화 전설

딱 한 번 만나서
간신히 눈 맞추고

번갯불 같은 눈길
뜨겁게 쏟아 붓더니
천둥 치는 소리에
놀라 달아나더니
돌아올 줄 모르네

내가 어때서
내가 어때서
반쯤 열린 동그란 입술
질끈 동여맨 허리춤 따라
발그레 익어가는

구중궁궐 깊기도 하다만

길을 잃었는가

나를 잊었는가

기다림도 병이려니

오늘도 야윈 손 저어

이 동네 저 동네

불을 지르네

2021. 7. 11.

단 감

경남 산청에서
무뚝뚝한 사내가 배달되었다
걸친 가사에 불그레
취기가 돈다

커다란 손이 큰외삼촌 닮았다
얼굴엔 빙그레 미소가 떴다

두 손으로 받쳐 들고 맛을 보자 하니
오호라 천하일품이구나
누구였을까 차가운 너의 심장을
뜨겁게 달구고 간 이는

2020. 11. 12.

민들레

서둘러 봄바람 타고 오더니
벌써 흰 모자 썼구나

기다리던 님이 온다기에
이불 쓰고 누웠다가
푸른 치마 노랑 저고리
님 마중 나왔더니
님은 어디서 길을 잃었는가

늠름한 그 모습 보이지 않고
어느새 내 머리만 하얗게
할미꽃 흉내를 내는구나

손 흔들고 떠나는 어린 손자
잡은 손 놓자마자
엄마 따라 가는구나

2019. 5. 15.

거리 두기

굽은 새끼손가락만한 네가
밤마다 배를 불려
한 뼘 내 가슴에
호미질을 하더니

장독 깊숙이 앙금으로 남아
한 숟갈 수저로 휘저어
통째로 뒤집는다

현해탄 건너 가족을 보내고
홀로 조선의 추석을
맞아야 했던 화가 이중섭과

평양에 자야를 두고 떠나와
북간도 어디선가
내려 쌓이는 눈을 벗 삼아
술잔을 기울이던 시인 백석의

창백한 슬픔

분주한 나날들 속에서
잊고 지냈던 얼굴들이
서서히 떠오르고
잃어가는 슬픔을 뼛속 깊이
인식시키는 한가위

아랫녘 붉은 상사화 소식
감내할 수 없는 사랑이 두려워
거리 두기를 했던 이들의
단말마적인 추억이 반추되는
홀로 맞는 한가위

2021. 9. 21.

천 변

오늘은 천변에 바람이 불었다
화사한 꽃 공양
하늘 가득 올리던 벗나무
검게 그을린 등신불로 남았다

그래도 철학자는 이 길을 걸으셨겠지
지팡이 친구 삼아 뚜벅뚜벅
가슴 펴고 호흡을 고르며 눈길은 먼 곳을
응시해도 생각은 머리 안에서 궁글며
가슴으로 내려와 불을 지피겠지

꽃 진 자리에 또 꽃 오려니
새로 오는 꽃송이 더욱 크고 아름다우려니
올해 진 꽃 내년에 다시 볼 수 없을지라도
슬퍼하지 않으리 추억은 더욱 아름다우려니

오늘도 천변에 바람이 부네

재롱둥이 오리들 어디 숨었나

가는 가지에 벌써 붉은 물이 오르네

햇볕 가득한 정자에 기대어 잠시

철학자의 깊은 뜻을 헤아려보네

너무나 깊어서 알 수는 없지만

2022. 2. 3.

제3부
나들이

산수유

비행기 안에서
내내 씹던 껌
붉은 카펫에 뱉고

노란 풍선껌을 씹었다.
조금씩 부풀리고 있다.

환영객 없는 대합실
퐁퐁퐁 풍선을 터뜨린다.
노오랗게
수백 개 수천 개로
수신한다

내가 왔다고
무사히 귀국했다고

2022. 3. 20

아침 산책

신발을 당겨
현관을 나서니

일제히 외치는
매미의 아침
자지러지네
얼마나 산다고
시든 배추 같은
내 심장에 소금을 뿌린다

나이 먹어가는 나무들
울퉁불퉁 거친 서체로
적토에 새긴 암호
오래된 언어로 외치는 구호
해독이 안 된 채로
구불구불 굳어가는 언어
숲은 푸르고 높다

낮은 발등의 절규에 대해
침묵한다

매미의 안타까운 외침도
듣지 못하는 늙은 숲은
제2외국어가 설다

2021. 7. 30.

경복궁

치마저고리에 갓 쓰고
노니는 어린 처자들은
어디서 왔는고

남의 나라 것은
저리도 신기한가
대륙에서 왔다는 젊은이들이
궁 안에 가득하다

외국 사신을 맞이하여
연희를 베풀던 누각(樓閣)
가는 봄을 못 안에 가두고
하늘엔 흰 구름이 한가하다

고궁에 봄나들이 나온
신사와 숙녀가
벤치에 앉아

세월을 잡고 놓질 않네

떠가는 구름은
기약이 없건만
내년에 다시 오자
언약을 하나 보이

2018. 5. 9.

백화사를 찾아서

붉은 일주문은 보이지 않고
염불 소리가 먼저 반기네

의상봉을 타고 내린 물은
돌담을 따라 흐르고
대문 없는 절집에
널찍한 마당이 다가와
허물없이 반기네

자그마한 장독대엔
항아리가 올망졸망
포근한 봄날
알몸을 녹이는구나

삼성각 앞
허리 굽혀 돌아나간 소나무
돌벽엔 알 듯 말 듯 삼존불 미소

무량수전 반듯한 서체

정갈한 법당엔 고요가 가득
미소로 손을 맞는 아미타불
실타래처럼 풀려나오는 염불 소리는
여기가 발원지였네

오롯이 앉아 외는 여승의
법향이 산사에 가득
소박한 절집이 한산[4]을 이고 앉았네

2019. 1. 1.

---

4 한산: 북한산의 옛 이름

산사 나들이

화사한 봄빛을 못 이겨
벗을 졸라 나들이에 나서다

아래 저수지엔 인파가 가득 몰리고
언덕 위 고찰은 적막하기 그지없네

양편에 달아놓은 오색등 따라
일주문에 드니
아득하기만 하던 피안이
바로 눈앞

두 손 모은 동승은 어디에 있는고
산사 가득한 녹음이 손을 맞네
찻방에 드니 아낙이 소리도 없이 나와
눈으로 무엇을 드시겠냐 묻네

찻잔 가득 쌍화차를 올리고

물러가는 여인의 자태도 곱다
창밖 고목도 춘흥에 겨워 흐뭇하고
사나이 하나가 비스듬히 앉고
벗들은 두 손을 가리고 웃네

속절없이 가는 봄을 잡을 수는 없으니
저수지 흔들리는 작은 배 위에 올라
물 따라 흘러가면 어떨꼬

2018. 5. 4.

흥국사를 찾아서

친구를 불러내어
흥국사에 오르니

바야흐로 신록의 계절이라
몸 푼 개울 은빛으로 흐르고
꽃들은 가지각색으로 웃고 있건만
허리 두른 치마는 한가지로 녹빛이라

역전까지 마중 나온 연꽃 등이
마을을 휘돌아 절 마당으로 이어지고
열린 절 방엔 꽃등 빚는 여인네
손길이 바쁘다

천년 고찰 왕[5]의 휘호가 선명한
약사전에 들어 두 손을 모은다

---

5 왕: 조선 시대 영조

건강염려증이 떠나지 않는

나그네의 마음을 아시는지

검은 기와 얹은 경내를 돌아드니

멀리 인수봉 좌우로 보살들이

가부좌로 앉아 선문답을 하나 보이

녹음 속에 지나가던 선재동자[6]

문득 걸음을 멈추네

2018. 5. 7.

---

6 선재동자 ; 53명의 선지식을 찾아 천지를 역방했다는 화엄경에 나오는
   구도자

상원사

오대산 문수동자를 찾아
눈 덮인 산사를 오르네
도시엔 눈이 흉년이더니
깊숙한 오대산 골짜기에
몸을 풀었구나

일 만의 문수보살이 거하는 불국토
눈길 머무는 곳마다 눈부신 날
검은 기와도 하얀 모자를 쓰고
경내는 포근한 어머니 품

문수전 앞 두 마리 고양이가
왕[7]의 바짓가랑이를 잡고
깊숙한 전각 안에
문수 동자가 손을 맞네

---

7   왕: 조선 시대 세조

산등성이를 타고 내련

저녁 바람이 경내를 돌아

천 년 동종 앞에 서성이고

성대를 잃고 유리 벽에 갇힌

비천상 엉거주춤 날개를 접네

2020. 02. 09.

오대산 소녀상

꼬옥 다문 입술
분기 어린
매서운 눈매
반듯한 이마
촘촘히 땋아 내린 검은 머리

야무지게 여민 앞섶
동그란 어깨 타고 내린 소매
오롯이 솟은 꽃봉오리
감싸고 도는 흰 저고리
가는 허리 검정치마

어느 궁에서 왔는고
굳게 닫은 입술
열릴 줄 모르네

가히 조선의 딸이구나

2020. 7. 6.

춘 우

벚꽃이 만개하더니
비 뿌리기 자주 하여
좁은 마당부터 오솔길까지
꽃방석을 깔고 내 손을 끌다

앙상한 가지에 잎 돋으니
비 뿌리기 시작하여
뒤뜰에 심어놓은 어린 나무까지
신록을 더욱 재촉한다

꽃방석 밟으며
서운해하던 발걸음도 잠시
눈은 벌써 신록을 쫓는구나

사람의 마음이 이리도 간사하니
그나마 풍진 세상 살아지나 보다

2018. 4. 22.

감나무가 있는 시골 풍경

전선줄이
공중에 길을 내고
십자가를 걸어 놓았다

마을 낮은 언덕 위에
감나무 한 그루
길게 뻗은 가지마다
붉은 감이 주렁주렁

지나던 구름이
침을 흘리고

아해 없는 마을이
심심해

2018. 10. 1.

시 월

하늘은 서슬이 퍼렇다
당기면 찢어질 듯

산은 화기가 가득
온 산을 태울 것 같다

저무는 오후
가을이 말없이 버티고 섰다

2020. 10. 24.

방태산

모처럼 북촌 선비를 만나
단풍구경 나섰더니
산중궁궐 객이 많다

붉은 치마에 노랑 저고리
청산리 벽계수 곁에 세워놓고
장단 맞춰 아래위로
넘나들며 춤을 추는구나

모두 넋을 잃고 하늘을 우러르니
오색 비단 자락 선녀들의 옷인가
나무꾼의 눈을 가리네

2020. 10. 18.

10월

아줌마들이 몰려 있다
붉은 치마 노랑 저고리
단체로 입고 서 있다

광화문에 갈 모양이다
시위장에 갈 모양이다
모자 끝에 깃발을 꽂았다
바람이 그들을 신고 갈 모양이다

오늘 더 많이 모였다
빛깔이 오색으로 바뀌었다
대한문으로 가려나 보다
손에 손에 깃발을 들었다
구름이 응원하러 가려나 보다

날마다 땅의 구석구석이 물든다
높아가는 하늘만 물색 없이 푸르다

2018. 11. 28.

백담사 가는 길

시월의 마지막 날
압구정역은 손이 시렸다

아우성치며 물들어가는 산야
한계령에 오르니
우뚝 솟은 바위가 웃옷을 벗어젖히고
시린 가슴을 드러내놓고 있다

백담사 드는 길은 길기도 하다
하얀 속살을 드러낸 계곡 눈이 시리고
먼 데서부터 달려온 냇가 따라
무수히 쌓아 올린 석탑
민초들의 바람은 끝이 없어
어쩌자고 저리 많은 냇돌을 문질러 놓고
내만 홀로 흐른다더냐

절 안에 깊숙이 들어도

맞는 이 없는 마당 한편에

너와 지붕 스치는 스산한 오후

밤에는 불을 밝힌다는 야광나무가

청천 하늘의 별같이 많은 등을 달고

언제 만해가 다녀갔다더냐

언제 왕이 숨어 있었다더냐

어느 쇠락한 정치가의 그림자가

길게 팔을 늘리고 선 산사

가을의 짧은 해는 어느덧 저물어

객들은 소리 없이 문을 나서고

백담사 마을버스는 어서 떠나자 한다

2018. 10. 31.

왕 릉

붉은 대문을 지나
가운데 왕이 오르고
좌우에 문무백관

뼈만 앙상한 왕이
사뿐히 걸어 나와
제상 앞에 앉네
·

북풍 찬바람에 푸른 소나무
위풍당당 호위무사로 서 있고

오래전에 왕은 말을 잃었다
눈 감고 귀도 막아버렸다
아무에게도 왕은 말을 걸지 않는다
후원을 거닐던 사랑스런 왕비
입가에 손을 얹고 소곤거리던 자주색 댕기 머리
어여쁜 궁녀들의 잦은

발걸음 소리는 어디에 묻혔는고
허리 굽혀 조아리던 신하들의 넋은
어느 산허리를 맴돌고 있는고

허옇게 바랜 잔디는 무덤을 덮고
적막한 뜰에 한줄기 지는 해 그림자

우리의 성군은 어드메 계신고?

2019. 1. 5.

가을 하늘 1

나 따라와 봐
멀리 달아나는 순희

나 찾아봐
숨바꼭질하는 순회

꼭꼭 숨어도
멀리 달아나도
치마폭이 보이네

아득히
멀어지는 순희

쭈욱 당겨봐
이마에 닿을 때까지
아마도 가을일 거야

2019. 9. 7.

단풍 드는 공원

누구냐
공원을 다녀간 사람이

어느 아이의
치맛자락이냐
새빨간 다홍치마

떨어진다
한 덩이 붉은 해가

한 동이 각혈로
희미하게 웃다 간 옥이

담 넘어 옥이네
거기 창백한 얼굴로
여름내 타오르던 봉선화
붉은 백일홍 맨드라미

누구냐

다홍치마를 벗어놓고 간

어린 아이는

2019. 11. 6.

온양에서 가을을 맞다

할머니 젊었을 때
신혼여행지의 메카였다죠

한때는 할아버지들 떼 지어
몰려가 줄을 섰다네요
온정이 뿌리내린 땅
깊숙이 따스한 물이 흐른다죠

오래된 길은 갈빛으로 얼룩지고
가로수마다 노랗게 익어가는
은행나무 열병식을 보셨나요
현충원 앞마당까지 보무도 당당하게
행군해 가네요

누구일까요
여기에 민족의 영웅
이순신 장군의 충혼을 기리고자

첫 삽을 뜬 이는

2021. 11. 3.

정자가 있는 풍경

눈 가득 이고 선 정자
멀리서 달려온 바람이
저희들끼리 안고 뒹구네

곁에 서 있던 소나무
밤새 백발이 되었구료

문득 끊긴 오솔길
겨울 숲은 멀기도 하네

해산을 앞둔 연못은
부푼 배를 안고
누구를 기다리는고

2020. 2. 19.

사재정 맷방석 수련

볕 그늘 좋아라

정자엔 아낙들이
앉고 눕고

연못 수련도
앉고 누워
두런두런

청둥오리 터 잡고
새끼들과 장난치며
놀던 때가 엊그제

아무리 둘러봐도
새끼들 보이지 않네
어미 오리 눈멀었다

밤새워 울었는가

사재정[8] 흐린 연못

퉁퉁 부었다

숨죽여 떠 있는

맷방석 수련

2021. 9. 5.

---

8 사재정: 조선 시대 학자 김정국의 호를 따서 지은 정자 이름 고양 8현의
   한 분

횡성 수련원

아침에 눈을 뜨니
산허리에 고요가 가득

신을 당겨
문을 나서니
절로 가는 좁은 길

길에 드니
흰 물은 계곡을 따라 길을 열고
붉은 백일홍은 나그네를 보고 웃네
조막만 한 새는 나무 위에서 까불고
검은 바위는 가부좌로 앉아 있네

절로 가는 길은 아득하여
길은 있어도 가지를 못하고
돌아서 오는 발은 웬지 무거워
공연히 지나는 이의 발길을 잡네

수마노탑 있는 절이 어디냐고

2017. 7. 26.

노인의 대화를 엿듣다

"뭐라고 했는가?"

"길을 걸을 때는 개미를 밟을까 아래만 보고 걷는다네."

"오늘 아침 산책길에 매미 시체가 많아 밟힐까 봐 주워서 풀숲에 넣어 주느라 바빴어."

"그래도 매미는 자연사한 거야, 개미는 밟히면 타살이지."

"그래서 자네 등이 그리 굽었는가 보이."

"아무래도 늙으니 앞이 잘 안 보여 조심해야지."

"덕분에 넘어지지 않고 구십 고개를 넘었다오."

"매미는 불쌍해, 한 일주일 무대에 서겠다고 몇 년씩 땅속에서 노래 연습하고 나와서 목이 쉬도록 노래만 부르다 가니."

"노래하는 건지 우는 건지 어찌 아누?"

"설마 울자고 나오기야 했겠수? 지난해에 못다 한 사랑 그리워 나왔겠지."

"에구! 그놈의 사랑 질기기도 하다. 그것도 모르고 여름이 빨리도 가버리네."

두 노인은 대화를 끝내고 잔뜩 허리를 굽히고
왔던 길을 돌아간다.

그들은 어디서 온 누구였을까?

2021. 8. 18.

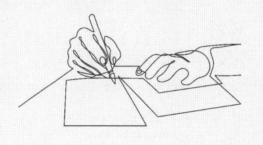

제4부
둘레길

둘레길

앞장서는 뭉게구름
따라오는 마파람

가슴팍까지 젖은 오리의 고갯짓
천변에 무늬로 뜨고
무리 지어 날아오르는 새 떼
하늘에 판화를 찍는다

들판은 우정 어린 클로버가 가득
언덕엔 마중 나온 개망초의 아우성
바람 타고 흔들리는 금계국
조그마한 엉덩이로 춤을 춘다

벌판을 가로질러
길도 다독이고
마음도 다독이며
새처럼 가볍게

꽃처럼 붉게

물처럼 흘러서

2021. 7. 3.

단 풍

한눈에 반해서
서서히 달아오르다

따귀 한 대 맞고
화악 붙어 싸우다가
갈비뼈가 휘도록
껴안고 뒹굴다가
머리털 불쏘시개 삼아
활활 타오르며
초가 삼간을 태우는

성냥불 같은 사랑

2019. 10. 22.

창릉천

물 구경 오라고
부르는 어르신 따라
창릉천 다리 위에 서다

북한산 줄기가 토해내는
붉은 물이 길을 만들고
줄기 따라 도도히 흘러간다

엊그제만 해도 죽은 듯이
엎디어 있던 천변이
어느새 일어나 솟구치며
얼결에 몰려든 군중처럼
촛불 들고 태극기 들고
마구 흔들리며 흘러간다

역사의 물결인가
민중의 물결인가

붉은빛으로 흘러가는

저 물결이 모이는 광장은 어디인가

힘껏 시선을 모아 저 먼 곳을 응시해보지만

오오, 끝 간 데 없이 흐르노니

너 가는 곳 어드메뇨

2017. 7. 17.

태풍을 기다리며

서울 하늘 바라보니
동서를 구분하기 어려워
임 계신 곳 아득하여라

병든 나무는 쓰러져 눕고
대추나무 푸른 열매는
아파트 마당을 뒹구네

짓궂은 바람이 달려와
젊은 여인의 치마폭을
따라가며 희롱하네

2019. 9. 7.

칠월의 숲

아침마다 너에게로 간다
하나의 길은
여러 개로 나뉘어 머뭇거리게 한다

어딘가에 네가 기다리고 있다
새들이 둥지로 돌아가는 저녁
가는 가지들이 만들어 놓은
푸른 거미줄에
황금빛 노을이 걸려
숲은 궁전이 된다

나는
더 깊이 너에게로 간다
어제도 그제도 찾지 못하였다
그래도 돌아오는 발자국마다
노오란 솔잎을 묻는다

내일도

나는 푸른 이슬 내린 숲길로 갈 것이다

윤기 나는 초록 숲이 너를 숨기고 있다

숲은 내 흔적을 기억하고

너 또한 나를 기억할 것이다

2014. 6. 20.

팔 월

팔팔한 사나이들의
살진 근육을 연상케 한다
마악 논에서 나온
구릿빛 농부의
거머리 붙은 장딴지를 떠올린다

진흙 속을 더듬어
어린 모를 꽂던
울퉁불퉁한 손등과
드러난 어깨와 사지가
태양 아래 눈부시다

구겨진 잠방이
낡아가는 밀짚모자
둥근 쟁반에 딸려온
찌그러진 주전자를
덥석 받아든 거친 손

오곡이 여무는
논두렁의 거친 사내들
그을리고 붉어진
그들의 등판 위에서
태양은 끓고

나의 오래된
추억에서 팔월은
붉다

2019. 8. 15.

구 월

붉다

수탉의 행차
봉당 맨드라미
입술 타는 백일홍

봉숭아 물들인
작은 언니 손톱
반달로 남고

혼인 날짜 받아놓고
애끓이는 큰언니
옆집 대학생
그이 목에 걸린 붉은 넥타이

유튜브로 보내온
영광 불갑사 뜰

족두리 쓴 싱사화

붉다

2021. 9. 15.

추억 속의 가을

하늘은 한껏 불어놓은 고무풍선이다
산에선 아이들이 불장난을 하나 보다

저무는 노을 저녁
철없는 아이들이
누이의 치마폭 한끝을 잡고
맴을 돈다

아무렇게나 던져 올린 구멍 난 신발짝이
바람 빠진 풍선에 닿았다
커다란 풍선이 풀썩 내려앉았다

작은 아이들이 앙앙 우는 소리가
하늘 끝 어딘가에서 울려오고
긴 장마 통에도 불어대던 매미의
하모니카 소리 땅속으로 꺼졌다

큰 아이가

누이의 치마폭 한끝을 끌어내어

산으로 달음질친다

가을은

하늘 동네 아이들을 어수선하게 하였다

2020. 10. 24.

성 묘

헐린
성터
쑥이며 잡풀을 엮어
올린 한 칸 초옥

좌청룡 우백호
팔을 벌리고
들과 내를 품었다

오라비들
엎드려 절을 올리고

앳된 누이들
노래를 부르네

어린 손자 매미채를 휘저어
송장 메뚜기를 쫓고

서둘러 내려오는 길

잘 계시란 인사도 못 하였구나

2021. 9. 13.

백일홍

무슨 인연일까
어린 날부터 익혀온
동그란 얼굴

뽀송한 얼굴에
붉은 모자 쓰고
하얗게 웃고 섰네

갈피마다 간직한 슬기
감출 수 없는 미소
누이를 닮았구나

하루살이 같은 인생에
백일을 놀자 하니
천일인들 싫을까

후원에 숨지 말고
앞마당으로 나오렴

2018. 8. 15.

겨 울

저 푸른 솜이불을
겨우내 뜯어내
추수 끝낸 논밭에
하얀 모포를 덮더니

잠에서 깨어
커튼을 젖히고 보니
어느새 거두어
돌돌 말아 어깨에 메고
뒷모습만 보이고
돌아가누나

그가 가는 먼 길
짐작도 안 되어
멍하니 서서
서서히 열리는 푸른 하늘만
보고 있더랬습니다

2018. 1. 24.

단풍2

산에 올라 보니
단풍이 속살부터 익어가고 있다.
물 따라 계곡 따라 오르다 보니
붉은 치마 노랑 저고리
다투어 내닫고
산길을 오르는 아낙들은
얼굴에 홍조를 띠었다
울퉁불퉁 발에 닿는 돌들도
괜않다
버릇없이 알짱거리는 날파리도
무관하다
지나가는 나그네
눈으로 인사를 나누고
눈으로 인사를 나누고
앞서거니 뒤서거니
돌투성이 길을 오른다

산에 올라 보니

단풍이 속살부터 익는다

2020. 10. 24.

고구마

흙을 묻힌 채로
서울까지 온 시골 아가씨

속이 꽉 찬 처녀라고
그것만 믿고
서울까지 왔구나

시골 밭에서 뒹굴던
싱싱한 네 모습
푸른 잎 붉은 흙밭에
수줍게 숨어 있더니
이제야 서울로 왔네

세월은 흘러도
네 모습 네 맘은
변함이 없어
너를 반기는 내 맘도

변함은 없단다

오늘 아침
식탁에 오른 너를 보니
문득 그립다
흙냄새

2018. 10. 26.

문 상

하늘이 쏟아질 듯하다
고향의 초가만큼이나
낮게 무겁게 얹혀 있다

조붓한 현관이 분주하다
병상에서 의식을 잃었던 이가
어느새 의식을 찾고 웃으며 맞는다
생전의 모습 그대로다
"어서 와요." 인사를 받으신다
하얀 국화 한 송이를 놓았다
"아유 뭘 이런 걸."
사양하는 겸손은 여전하시다.
절하고 나오는데 붙든다.
"밥은 먹고 가야지."
상 앞에 앉았다. 곁에 와 앉으신다
"조심해서 꼭꼭 씹어 먹어요."
누가 당신 아니랄까 봐 한마디 하신다

오랜만에 둘러앉고 보니

가는 이의 마음을 알 것 같았다.

바쁘다고 적조했던 얼굴을 보고 가시려고

오늘 모두 모이게 하셨구나

2012. 7. 5.

감 기

그동안
뜸하더니
드디어 노크도 없이
찾아왔네

예절도 못 배웠나
싫다는 데도 자꾸 오네
쓴 약을 먹이고
주사를 놓아도
소용이 없네

아무리 구박해도
최소 보름은 뭉개다가
그것도
맘 내키면 가겠다네

2018. 2. 20.

쑥

사월이면 쑥 향기
곁에 와서 서성인다

곰이
석 달 열흘 굴속에서
쑥만 먹고 지내다가
웅녀가 되었다고

조상의 쑥 내가
내 몸에 배었나 보다

꽃구경도 좋으련만
쑥 캐러 가자고
조르는 이가 없나
사방을 기웃거린다
쑥 캐긴 어렵지만
쑥떡을 하면

개떡이라도

서로 먹겠다 한다

웅녀가 되고

싶은가 보다

참을성 끝내준 웅녀!

어머니의 어머니의

2017. 12. 25.

신 발

동그란 신발
둘째 닮았고
기다란 신발
첫째 닮았다

둘째는 아빠 얼굴
첫째는 엄마 얼굴

나도 우리 엄마 닮아서
얼굴은 둥글고
아빠 닮아서 허리는 길다.
손발이 작은 건
할머니 닮았단다

그런데 나의 고집은
누굴 닮았는지 아무도 모르겠단다.

2017. 12. 25.

동지 팥죽

절로 가는 길
비질한 하늘
파르스름한 추위

계단을 따라 굽은 줄이 더디다
상기된 보살 볼 가득 웃음
넓은 앞치마
두툼한 작은 손이 뽀얗다
양손 가득 팥죽을 안기네
붉은 팥죽
설탕 빠진

팥죽 끓여놓고 기다리시던 어머니
오늘은 어디에서 무얼 하고 계시려나
돌아오는 길 위에 멈춰 서서
먼 하늘에 시선을 모아 보네
가시는 곳 물어나 볼 걸

집으로 가는 길

어머니 안 계신

2021. 12. 22.

첫 눈

하나님 손길

크기도 하셔라

세상 모든 허물

덮으셨네

그대에게 가는 길도 덮으시고

잊으라 하시네

2020. 12. 13.

아름다운 가능성의 세계

이영주(시인)

오랜 시간 우리를 붙들었던 질문이 있다. 삶이 문학에 오롯이 담길 수 있는가? 삶의 깊이가 문학의 깊이로 옮겨올 수 있는가? 문학의 향유자들은 딜레마에 사로잡혀 있다. 이렇게 생각하면 어떨까? 문학의 상상력이 삶을 풍요롭게 하고, 삶에서 펼쳐지는 지난한 역사가 문학의 예술성을 드높인다고.

삶의 깊이가 세월의 두께와 딱 맞아떨어지지는 않는다. 오래 산다고 해서 그 삶이 빛나는 것은 아니다. 어떻게 사는가, 어떻게 가는가, 어떻게 머무는가에 대해 생각해본다. 어떤 발자국이 쌓여서 길을 만드는지를 생각해본다.

김재숙 시인의 시들은 삶의 오랜 내공이 만들어낸 단단하고 힘 있는 발자국을 보여준다. 한 사람의 삶이 쌓여서 어떻게 시가 되는지를 보여준다. 삶의 깊이가 시의 깊이로 옮겨가는 장면을 보여준다.

함께 살아가기 위해 따뜻한 마음으로 남겨둔 까치밥을 바라 보면서도 '엄마는 누구의 밥이었는지'를 질문하는 시인의 태도 는 말할 수 없는 시간을 선사한다. 엄마라는 삶이 가지고 있 는, 희생과 봉사의 시간을 우리는 무엇이라고 명명할 수 있을 까? 까치밥을 쪼아먹을 수밖에 없었던 까치처럼 우리는 엄마 의 삶을 계속 쪼아 먹고 있었던 것, 그 아이러니에 대해 생각 하게 한다. 그리고 시인 또한 까치밥을 남겨두는, 엄마의 삶을 아름다움의 이름으로 이어왔을 것이다.

이러한 시적 인식은 어린 시절 무슨 뜻인지도 모르면서 아버 지의 책을 읽었던 영특한 아이의 호기심에서 시작되었다. 붓 과 잉크병만 봐도 설레던 것, 그것은 미지의 세계에 대한 설렘 이었을 것이다. 새로운 세계, 모험, 열망…. 아버지와 함께 고 향을 떠나 대도시 서울로 향하는 길목에서 아이는 '서울이라 는 커다란 불덩이'를 보고 설렘 혹은 모험 뒤에는 공포와 불안 이 있다는 것을 알게 된다. 삶의 이면이 보여주는 어떤 진실…. 그때부터 시인의 내면에서 시가 꿈틀거리고 있었다. 진실의 한 조각을 발견한 아이는 언젠가 시를 쓰지 않고서는 견딜 수 없 었을 것이다.

국어 교사로 오랜 시간 아이들의 언어와 마음을 돌본 시인 의 이력도 눈여겨볼 만하다. 문학을 사랑하고 언어를 사랑하는 시인의 올곧은 성정은 짧지만 탄성을 자아내는 비유들로 가득하다. 가을 하늘을 "하늘은 서슬이 퍼렇다 / 당기면 찢어질 듯" 같은 긴장감으로 독특한 계절감을 선사하거나, 폭설이 내린 후의 소나무를 보고 "밤새 백발이 되었구료."라는 진술로 삶의 빛나는 황혼기를 환기하는 등 시인만의 독특한 비유들을 살펴보는 것도 이 시집의 강력한 매력 중의 하나이다.

미래는 언제나 예측으로만 주어져 있다. 그래서 우리는 현재를 산다. 시도 그렇다. 시에서의 미래는 가능성으로 충만하다. 시의 시간은 오로지 현재만 있다. 가능성을 꿈꾸는 것, 그것이 시의 미래 시제이다. 김재숙 시인의 미래는 아름다운 가능성으로 가득 차 있다. 삶의 길이와는 상관없다. 매 순간 삶의 이면을 들여다보고 시의 세계를 탐구하는 시인의 깊이가 새로운 가능성을 만든다.

엄마의 선물

펴 낸 날 2022년 4월 20일

지 은 이 김재숙
펴 낸 이 이기성
편집팀장 이윤숙
기획편집 윤가영, 이지희, 서해주
표지디자인 윤기영
책임마케팅 강보현, 김성욱
펴 낸 곳 도서출판 생각나눔
출판등록 제 2018-000288호
주   소 서울 잔다리로7안길 22, 태성빌딩 3층
전   화 02-325-5100
팩   스 02-325-5101
홈페이지 www.생각나눔.kr
이 메 일 bookmain@think-book.com

• 책값은 표지 뒷면에 표기되어 있습니다.
  ISBN   979-11-7048-394-6(03810)
• 이 도서의 국립중앙도서관 출판 시 도서목록(CIP)은 서지정보유통지원시스템 홈페이지(http://seoji.
  nl.go.kr)와 국가자료공동목록시스템(http://www.nl.go.kr/kolisnet)에서 이용하실 수 있습니다